VENTE DU MERCREDI 6 AVRIL 1898
HOTEL DROUOT, SALLE N° 8.

ESTAMPES

ANCIENNES ET MODERNES

Écoles française et anglaise du XVIII° siècle

PORTRAITS

Ornements, Pièces historiques, Vues de France

ET

DESSINS

M° MAURICE DELESTRE
COMMISSAIRE-PRISEUR
5, Rue Saint-Georges, 5

M. DUPONT AÎNÉ
MARCHAND D'ESTAMPES
15, Rue de Seine, 15

CATALOGUE

(Nᵒ 160)

D'ESTAMPES

ANCIENNES ET MODERNES

Ecoles française et anglaise du XVIIIᵉ siècle

PORTRAITS

Ornements, Pièces historiques, Vues de France

LITHOGRAPHIES

et

DESSINS

DONT LA VENTE AURA LIEU

HOTEL DES COMMISSAIRES-PRISEURS, RUE DROUOT

Salle Nᵒ 8

Le Mercredi 6 Avril 1898

à deux heures

Par le ministère de Mᵉ **MAURICE DELESTRE,** commissaire-priseur

Rue Saint-Georges, Nᵒ 5

Assisté de M. **DUPONT aîné**, marchand d'Estampes, rue de Seine, nᵒ 15

Paris — 1898

CONDITIONS DE LA VENTE

Elle sera faite au comptant.

Les acquéreurs paieront cinq pour cent en sus des enchères applicables aux frais.

Pour les Dessins, nous avons conservé les attributions de l'amateur.

M. Dupont se réserve la faculté de réunir ou de diviser les lots.

L'Ordre du Catalogue sera suivi.

DÉSIGNATION

ESTAMPES

ADRESSES

1 — Au roi d'Yvetot. — Adresse d'un fabricant de dragées, par A. David. 2 très belles épreuves avant la lettre.

ALDEGRAVER, et René BOYVIN

2 — Dessin de gaine. Dame allemande tenant un œillet (B. 216). — Histoire de Médée et de Jason (B. D. 39). 2 p. Très belles épreuves.

AMÉRIQUE (Pièces sur l')

3 — Benjamin Franklin, par Saint-Aubin d'après Cochin. (Emm. B. 85). Très belle épreuve avant les adresses, toute marge.

4 — Mahé de la Bourdonnais, gouverneur des Iles de France et de Bourbon, in-4. Très belle épreuve en couleur, grandes marges.

AUDRAN (B.)

5 — Sujets mythologiques d'après l'Albane. Suite de 4 p. Très belles épreuves.

AVRIL et LÉPICIÉ

6 — Portrait de Mme Le Brun et de sa fille. — Catherine de Seine, d'après Aved, in-fol. 2 p. sans marge.

BAUDOUIN (P. A.)

7 — Le Modèle honnête, par Moreau et Simonet (Emm. B. 34). Très belle épreuve.

8 — Le Coucher de la Mariée. — Le Billet doux. 2 copies ;
très belles épreuves du premier tirage.

BEAUVARLET

9 — Le Testament de La Tulipe. — Les Adieux de Catin. 2
p., très belles épreuves, marge.

BOILLY (L.)

10 — La Douce résistance, par Tresca. Très belle épreuve,
marge.

11 — Réunion de 35 têtes diverses. Belle épreuve.

12 — Types populaires et Grimaces, 1824, in-=. 51 p., très
belles épreuves en noir en 1 vol. cart.

BOIZOT

13 — Figures et allégories républicaines, par Darcis. 14 sujets
ronds in-8, imprimés en bistre.

BOREL et COCHIN

14 — L'Allaitement maternel encouragé, par Voysard. — La
Fontaine enchantée de la Vérité d'Amour, par Cochin. 2
p., belles épreuves.

BOUCHER (F.) et JOUVENET

15 — Naissance et triomphe de Vénus. — La Vengeance de
Latone, par J. Daullé. — Chasse au crocodile par Moles,
avant la lettre. 3 p., très belles épreuves.

BOUCHER, LANCRET, PATEL

16 — Ire et IIe vues de Charenton, par Le Bas. — Le Moulin
de Quinquengrogne, par E. Cousinet. — Ire et IIe vues
d'Italie, par Daullé. 5 p., belles épreuves.

BUNBURY (H.).

17 — Falstaff at Justice Shallows mustering his recruits, par
Gardiner. — Sir Andrew Aguecheek, sir Toby Belch and
the clown, par Tomkins. 2 p., très belles épreuves en couleur, grandes marges.

CALLOT (J.)

18 — Le Passage de la mer rouge (Ed. M. I). — Le Massacre
des innocents, 1re et 2e planches (5-6) 1er état. — Gaston
de France ; bordure du siège de l'île de Ré (527). — Éven-
tail gravé par Collignon. — Les Apôtres. — Les Péchés
capitaux. 24 p.

CARESME

19 — Jeune femme avec son enfant dans un parc. Belle
épreuve coloriée.

CARMONTELLE

20 — La malheureuse famille Calas, par Delafosse. Très belle
épreuve, grandes marges.

CHARLET.

21 — Les Politiques du village, par B. L. Prévost, in-fol.
Très belle épreuve d'essai avant toutes lettres.

CHARLET et BELLANGÉ

22 — Sujets militaires. 22 p.

CHARPENTIER.

23 — Le premier navigateur dans sa barque. — Silvio découvre
l'idée de la navigation, par Mariage. 2 p. belles épreuves
en couleur.

CHÉREAU (J. et Fr.).

24 — Jeanne d'Arragon, d'après Raphaël. — Nicolas De Launay,
directeur de la Monnaie et des médailles, d'après Rigaud,
— Fr. A. de Lorraine, évêque de Bayeux, in-fol. 3 p.,
belles épreuves.

CIPRIANI.

25 — Adriane ; à Paris chez Janinet, in-4. Très belle épreuve
en couleur avec toute sa marge.

26 — The origin of Painting, par Ruotte — The progress of
Painting, par Thompson. — Apollon et les Muses. 3 p.
toutes marges.

CORRÈGE (le)

27 — Diane au lit, par Sornique. — Le bain de Léda, par
Duchange. — L'Amour désarmé, par Guérin. — Antiope,
gravé au pointillé, avant toutes lettres. 4 p.

CORT (C.)

28 — L'Adoration des Bergers, d'après Polidore. — Le Cou-
ronnement de la Vierge, d'après Fr. Zuccaro. 2 p., très
belles épreuves.

DAULLÉ

29 — Louis, dauphin de France, d'après Tocqué, in-fol. Très
belle épreuve.

DAVID (Alex.)

30 — Fantaisies du jour : sujets de genre, lithographiés. 14 p.
la plupart en épreuves d'artiste.

DEBUCOURT (P.-L.)

31 — Le Duc d'Orléans, in-4. Très belle épreuve en couleur,
marge.

32 — Mgr le duc d'Angoulême en Espagne, d'après Gosse,
in-fol. Très belle épreuve, grandes marges.

DEMARTEAU

33 — Tête de jeune fille, d'après Boucher. Belle épreuve en
couleur.

DESNOYERS (Aug.)

34 — La Belle jardinière, d'après Raphaël. Belle épreuve.

35 — La Vierge aux rochers, d'après Léonard de Vinci. Belle
épreuve avec le cachet du graveur.

DESNOYERS et POTRELLE

36 — Sainte Catherine d'Alexandrie, d'après Raphaël. —
L'Espérance soutient le malheureux jusqu'au tombeau,
d'après Caraffe. — L'Amour et Psyché, d'après David.
3 pièces, belles épreuves.

DESSINS

37 — **Challe, Drouais. Le Moyne**. Mme Dugazon dans le rôle de Nina. — Portrait de femme tenant une guirlande de fleurs. — Tête de Vierge. 3 dessins à la pierre noire rehaussés.

38 — **Colin. Bouton. Jollivet. Renoux**. Déjeuner de Louis XI. — Intérieur de cloître. — L'Amour à l'espagnole. — Le Confessionnal. 4 dessins à la sépia. Signés.

39 — **Couché** fils. Une bataille sous Louis XIV. Dessin à la plume. Signé.

40 — **Coupin de la Couperie**. Marie Stuart et David Rizzio — Allégories. — Études de têtes. 4 dessins à la sépia et à la mine de plomb.

41 — Allégories, sujets historiques, études. 8 dessins.

42 — **Desportes** (d'après). Études de chiens. 5 dessins aux crayons de couleur.

43 — **Desrais** (attr.). Costumes de jeunes femmes. 2 aquarelles.

44 — **Drouais** (attr.). La lecture. — La musique, 2 dessins à la pierre noire rehaussés de blanc sur papier bleu.

45 — **Dumaresq** (Arm.). Zouave blessé. Dessin à l'aquarelle. Signé.

46 — **Dumée, Faucigny. Gassies**. Vues de France. — Marines, 4 aquarelles. Signées.

47 — **Éventails**. Scène du Moyen-âge. Très jolie gouache sur papier.

48 — — Course de taureaux. Jolie gouache sur papier.

49 — **Gérard** (Mlle). Intérieur rustique. Très joli dessin au crayon noir estompé.

50 — **Greuze** (J.-B.). Tête de jeune fille. Dessin à la sanguine. Signé.

51 — **Heater** (C.). La place du Parvis Notre-Dame vers 1830. Très jolie aquarelle. Signée.

52 — **Ingres**. Tête de femme, de profil. Dessin à la pierre noire rehaussé de sanguine.

53 — **Isabey** (J.). Jeune femme assise, la tête et le buste terminés et le reste tracé. Charmant dessin au pastel.

54 — **Janinet**. Hangar de la Barrière d'Enfer. Aquarelle.

55 — **Langlois** (E. H.) et **Révoil**. Ancienne porte du Palais de Justice, à Rouen. — Portraits et sujets divers. 9 dessins.

56 — **Miéris** (d'après). Portrait d'homme, d'après un tableau qui n'a pas été gravé. Dessin à l'encre de Chine.

57 — **Naigeon**. Allégories et sujets de statues. 6 dessins à la plume et à la sépia.

58 — **Oudry** (J. B.). Études de singe et de porc-épic. 5 dessins au crayon noir rehaussé de sanguine.

59 — **Redouté** (École de). Études de fleurs. 35 aquarelles.

60 — **Richomme** (J. T.). Persée et Andromède — Chapelle de la Vierge à N. D. de Bercy — Chapelle St Vincent de Paul à St Séverin. 3 esquisses à l'huile et un dessin.

61 — **Swebach**. Bivouac de cavaliers français. Dessin à la plume.

62 — **Vernet** (Carle). Entrevue de Napoléon avec la Reine de Prusse. Dessin à la pierre noire rehaussé de blanc.

63 — Soldats français faisant l'aumône à des prisonniers autrichiens. Dessin très important à l'encre de chine rehaussé de blanc.

64 — **Véronèse** (P.). La Présentation au Temple. Beau dessin à la plume lavé de bistre. A été gravé.

65 — **Visconti**. Ornements d'un portrait pour le sacre de Napoléon — Statues allégoriques pour le Nouveau Louvre. 3 dessins à la sépia et rehaussés de blanc.

66 — **Watteau** (Ant.). Jeune femme assise, la tête de profil. Dessin à la sanguine.

67 — **Divers**. Dessins attribués à Lantara, Prudhon, Johannot, Andrieux, Pastelot, etc. 14 p.

68 — Dessins d'ornement. 7 p.

69 — Dessins anciens. 12 p.

70 — Dessins divers anciens et modernes. 31 p.

71 — Dessins modernes. 9 p.

72 — Académies, statues. 20 p.

73 — Dessins divers. Environ 50 p.

DEVÉRIA (Ach.)

74 — Mme Robert, en pied. — Jules David, peintre. — Régnier, artiste du Théâtre français. 3 p., épreuves d'artiste sur chine.

DIVERS

75 — Accord parfait. — Dissonnance. 2 p. avant toutes lettres, en couleur.

76 — Sujet genre Pompéï, avec encadrement de ceps de vigne. Épreuve avant toute lettre, en couleur.

77 — Le Calculateur patriote, pièce gravée à l'aquatinte. In-4. Très belle épreuve avec marges.

78 — Recueil de Bois ayant trait à l'Imagerie populaire, publié par A. R. de Liesville. Caen, chez Leblanc-Hardel, 1867, in-fol. 2 fascicules, br.

79 — Description des Antiquités et Objets d'art composant le Cabinet de M. Louis Fould, par A. Chabouillet. Paris, J. Claye, 1851, in-fol. 1 vol. br. Fig.

DREVET (P.)

80 — Portrait de Mitantier, greffier de l'Hôtel-de-Ville de Paris, d'après Largillière (D. 95). Très belle épreuve du 2e état avec la première adresse, grande marge. Rare — Plus une épreuve du 3e état.

81 — Le Prince de Dombes — Henri Oswald, cardinal d'Auvergne — René Pucelle. 3 p.

82 — Boileau-Despréaux — Balthasar Keller — René Pucelle — Maria Serre, d'après Rigaud, in-fol. 4 p. Belles épr.

EX-LIBRIS, PROGRAMMES, etc.

83 — Ex-libris, adresses. 13 p.

84 — Répertoire de Théâtre français, avec scènes et portraits d'auteurs, par Duplessis-Bertaux, in-fol. Très belle épreuve à toute marge. Rare.

85 — En-têtes de lettres par Roger, d'après Naigeon. 2 p.
Très belles épreuves.

86 — Billets d'entrée — Adresses de parfumeurs — Calendrier
— Brevet des Sapeurs-pompiers, avant toute lettre —
Armes de Louis XVIII. 22 p. en noir et en couleur.

FICQUET (Et.)

87 — Charles Eisen (F. 51). Très belle épreuve.

FIELDING (Newton)

88 — Etudes d'animaux. 23 p. Belles épreuves.

FRAGONARD (H.)

89 — La Chemise enlevée, par Guersant. Superbe épreuve
avec marges. Rare.

90 — Panneaux d'ornement, par Dubouchet — L'Etude, par
Lucas et Penet, etc. 10 p., la plupart avant la lettre sur
japon.

GAUTIER-DAGOTY

91 — Cours complet d'Anatomie, peint et gravé en couleurs
naturelles par A. E. Gautier d'Agoty, second fils, et expli-
qué par M. Jadelot. A Nancy, chez J.-B. Leclerc, 1773,
in-fol., 15 pl. et texte, en feuilles.

GAVARNI

92 — Grand album Gavarni, contenant 37 p. sur 40, très
belles épreuves, cart.

GAVARNI, DAUMIER, TRAVIÈS

93 — Lithographies tirées du journal la Caricature. 29 p. en
un album br.

GIFFART (P.)

94 — Mme de Maintenon : in-fol. Très belle épreuve. A été
pliée.

GILLBERG et ROBSHAM

95 — Vues et costumes finlandais. 15 p.

GREUZE (J. B.)

96 — Tête de jeune fille par Flameng. — La Jeune veuve. — Étude de jeune fille par Massard et Manigaud. — La Frayeur, par Salmon. — La Cruche cassée, par Leroy. 6 p., la plupart en épreuves d'artiste.

GREUZE, KRAUS, SCHÉNAU

97 — L'Aveugle trompé, par De Monchy. — Le Chaudronnier, par de Buigne. — L'Heureux serin, par Gaillard. 3 p.

GUNST et G. STEINBERGER

98 — Le Prince Eugène de Savoie, d'après M. Mérian. — J. G. Goëgel : in-fol. 3 p. dont une à l'eau-forte pure.

HOIN (C.)

99 — Son portrait, gravé par lui-même : in-4. Épreuve d'artiste, toute marge.

HUBERT (F.)

100 — Manuel de Villafane, d'après Goya : in-fol. 2 très belles épreuves, dont une à l'eau-forte pure.

JANINET

101 — L'Agréable négligé, d'après Baudouin. Belle épreuve en couleur, découpée à l'ovale.

102 — Henri IV et l'Ambassadeur d'Espagne. — J. J. Rousseau secourant une vieille femme. 2 très belles épreuves en couleur, toute marge.

103 — La Mort d'Abel, d'après Le Barbier, in-fol. Belle épreuve en couleur, toute marge.

104 — Mme de St-Huberti, d'après Le Moine, in-8. Superbe épreuve en couleur avec toute sa marge.

JAZET

105 — Les quatre éléments, d'après Martinet. Suite de 4 p., belles épreuves en couleur.

JOHANNOT et DESENNE

106 — Vignettes pour les Œuvres de Walter-Scott. 95 p. avant la lettre dont plusieurs en grand papier.

JORDAENS (J.)

107 — Le Concert. — Pan jouant de la flûte. — Nymphe et
Satyre, par Bolswert. 3 p., belles épreuves.

KLAUBER (J. S.)

108 — Portrait de J. F. Bause, d'après Graff, in-fol. Très
belle épreuve avant toute lettre, grandes marges.

LARMESSIN (de)

109 — Pierre Mayeur, abbé de Clairvaux, d'après Loir, in-fol.
Très belle épreuve.

LAWREINCE (N.)

110 — L'Accident imprévu, par Dareis (Emm. B. 1). Épreuve
d'un 1er état non décrit avant toutes lettres et avant les
armes, imprimée en bistre ; un coin du haut restauré.

LE CAMPION et JANINET

111 — Vues de Paris rondes, in-8. 20 p. en couleur.

112 — Vues de Paris, in-8. 29 p. dont 9 en noir ; plusieurs
doubles.

113 — Vue du grand Châtelet. — Salle de spectacle à Nîmes.
— Vues de Suisse. 4 p. en couleur.

LE GRAND (Aug.)

114 — Scène tirée des Œuvres de J.-J. Rousseau, in-fol.
Belle épreuve en couleur, sans marge.

LE MIRE (N.)

115 — Allégorie avec portrait de M. Daviel, chirurgien du
Roy, d'après Devosge in-4. Belle épreuve, grandes marges.

MONNET (Ch.)

116 — Les Vœux du peuple confirmés par la Religion. — Les
Garants de la félicité publique, par Née et Masquelier.
2 p., très belles épreuves avec toutes leurs marges.

MOREAU le jeune

117 — La Sérénade : vignette pour les *Chansons de Laborde*
(Emm. B. 875). Très rare épreuve avant toute lettre, le
nom du graveur à la pointe, toute marge.

118 — Frontispice et deux figures tirées de l'Histoire des Religions ; in-4. 3 p. avant lettre, toute marge.

NANTEUIL (Robert)

119 — Claude Auvry, trésorier de la Sainte-Chapelle, évêque de Coutances (R. D. 26). Très belle épreuve du 1er état.

120 — Antoine Barberin, cardinal, archevêque de Reims (29). Très belle épreuve du 1er état.

121 — François de Vendôme, duc de Beaufort (33). Épreuve du 1er état, avec la bordure ; sans marge.

122 — Louis XIV (155). Très rare épreuve du 1er des quatre états, avant que les trois boucles de cheveux aient été supprimées.

123 — Mallier du Houssay, évêque de Troyes (167). Épreuve du premier état. Très rare.

124 — Léonor Goyon de Matignon, évêque de Coutances (172). 1er état. — Le cardinal Mazarin (175), 1er état. 2 p., très belles épreuves.

125 — Jean-Antoine de Mesmes, Président à mortier au Parlement de Paris (192). Très belle épreuve du 1er état.

126 — Fr. Th. de Nesmond, président au Parlement de Paris (201). — N. Potier de Novion (205), 2e état. 2 p., très belles épreuves.

127 — Hardouin de Péréfixe de Beaumont, archevêque de Paris (211). Très belle épreuve du 1er état.

128 — Pierre Séguier, chancellier de France (223), 2e état. Très belle épreuve.

129 — Henri de la Tour d'Auvergne, vicomte de Turenne (232), 3e état. Très belle épreuve.

130 — N. Chaubard, conseiller au Parlement de Toulouse, (64) — Payen-Deslandes, (210) — Georges de Scudéry (221), 1er état. 3 pièces, belles épreuves.

NAPOLÉON (Estampes sur)

131 — Bonaparte, de profil dans un médaillon, par Sophie Janinet. Très belle épreuve.

132 — La Félicité de la France ; avec les portraits de Napoléon et de Marie Louise, en médaillons. — Le Tombeau de Napoléon à Ste-Hélène, par Lalaisse. 2 p.

133 — La Duchesse de Parme, par Ruotte. Très belle épreuve en couleur.

134 — Napoléon, par Aristide Louis, d'après Paul Delaroche. Très belle épreuve avant la lettre sur Chine.

135 — Le Triomphe de Napoléon, d'après Ingres. Épreuve avant la lettre sur Chine.

NOEL (Léon) et BAUGNIET.

136 — Mlle Jawureck, de l'Opéra. — Mlle Dupont du Théâtre français. — Portrait de Dantan jeune, avant la lettre. 4 p., les deux premières sont coloriées.

ORNEMENTS.

137 — VIIIe Cahier d'Arabesques composés et gravés par François Boucher, in-8. 6 p., grandes marges.

138 — Guirlandes et Bouquets. A Paris rue St-Jacques, in-8. Cahier de 8 feuilles, toute marge.

139 — Suite des nouvelles Arborisations, imitant les agates naturelles pour orner toutes sortes de bijoux. A Paris, chez Mondhare, in-4. Suite de 3 p.

140 — Attributs des Repas. 6 feuilles contenant 36 petits sujets.

141 — Musée céramique par J. Peyre, in-fol. 38 p. en premières épreuves sur chine.

142 — L'Ornemaniste des Arts industriels, par Eug. Julienne, in-fol. 21 p.

143 — Motifs d'ornements par Percier et autres. 24 p.

144 — Ornements, architecture, plafonds. 42 p.

145 — Ornements anciens et modernes. 56 p.

146 — Motifs d'ornement. 56 dessins au crayon et à l'aquarelle.

147 — Fragments d'architecture, ornements, statues. Environ 100 dessins et croquis.

PATERRE et VEUGHELS

148 — Le Baiser donné. — Le Glouton. — Frère Luce ; contes de Lafontaine, in-fol. 3 p., belles épreuves.

PÉRELLE, SWANEVELT, etc.

149 — Paysages. 84 p.

PESNE (J.)

150 — Son portrait, par Trouvain. — Le Ravissement de St-Paul. — La Charité romaine. 3 p., très belles épreuves.

PETIT

151 — J. B. Coignard, imprimeur, d'après Pesne, in-fol. Très belle épreuve, marge.

PIÈCES HISTORIQUES

152 — Un Tournoi sous Louis XII, in-4. Très belle épreuve. Rare.

153 — Massacre de Henry le grand, par François Ravaillac, le 14 Mai 1610, d'après Bouttats. — Fidélité héroïque à la Bataille de Pavie, d'après Moreau le jeune. — Mascarade chinoise faite à Rome pendant le Carnaval de l'année 1735, par MM. les pensionnaires du Roi de France, d'après Pierre. 3 p., belles épreuves.

154 — Prise de l'Hôtel de ville de Paris, en 1830, par Jazet, d'après Martinet. Très belle épreuve.

155 — Passage de la Guadarama par l'Armée française en Espagne, d'après Tannay. — Translation des Cendres des Victimes de la Révolution de 1830, par Trimolet et Daubigny. — Baudin sur la Barricade, en 1848, par Pichio. 3 p.

PITTERI

156 — Portrait de femme, avant la lettre. — Saint Antoine de Padoue, d'après Piazzetta. 2 p., très belles épreuves.

PLATIER (J.)

157 — Revue comique. Un album contenant 44 pièces sur 50, cart.

POILLY (F.)

158 — La Fuite en Egypte. — Le Mariage mystique de Ste Catherine, d'après Raphaël. — La Vision d'Ezéchiel. 3 p., très belles épreuves, les deux premières non terminées.

PORTRAITS

159 — Avocats. 9 p.

160 — Artistes peintres, sculpteurs, graveurs. 26 p.

161 — Hommes d'état, magistrats. 22 p.

162 — Généraux, militaires. 27 p.

163 — Jésuites. 15 p.

164 — Oratoriens. 8 p.

165 — Docteurs de Sorbonne et Religieux de différents ordres. 29 p.

166 — Anciens curés de Paris. 20 p.

167 — Portraits anciens in-fol. 11 p.

168 — Portraits étrangers. 41 p.

RAPHAEL (d'après)

169 — Vénus blessée par Audouin. — Adam et Eve, par Richomme. 2 p., la première est avant la lettre.

170 — La grande Sainte Famille, par Edelinck. — Sainte Famille, par Vouillemont. — Adam et Eve, par Richomme. — Saint Michel, par J. Godefroy. 4 p.

171 — Portrait de Raphaël, par divers. — Raphaël et la Fornarine, par Garnier. — La Poésie, par Didier. — La Jurisprudence, par Bellay. — Sainte Cécile. — La Sainte Famille. — Adam et Eve, de Richomme, etc. 13 p. avant et avec la lettre.

REMBRANDT

172 — La Fuite en Égypte (Cl. 59). Belle épreuve. Collection Mortier, duc de Trévise.

173 — La double jouissance, par Riédel. — La Sainte Famille, par Leroy. — La Reine de Saba. — Portrait de Rembrandt. — Portrait d'homme, par Faivre. 6 p.

ROULLET (J.-L.)

174 — Jean Delpech, Conseiller au Parlement, d'après Largillière. 2 épreuves dont une avant toutes lettres et les armes non terminées.

175 — Henry, marquis de Béringhen, d'après Mignard. — J. Chaillou de Thoisy, docteur de Sorbonne, in-fol. 2 p., très belles épreuves.

ROUSSEL (P.)

176 — Album Russe, publié à Moscou par Daziaro, in-fol. 26 pl. lithographiées, en feuilles.

RUBENS (d'après)

177 — Le Martyre de Saint André, par Neefs. — Le Denier de César. — L'Enfant Jésus et Saint Jean. — Silène. — Nymphes et Satyres. — Allégorie, par Bolswert. 6 p.

178 — Son portrait, par Corniliiet. — Marie de Médicis, par P. Chenay. — Sainte Anne et la jeune Vierge, par de Meersman. — La fuite de Loth, par Leenhoff. — Triptique, par Unger. 5 p. avant et avec la lettre.

STRANGE (R.)

179 — Esther devant Assuérus, d'après le Guerchin. — Cléopâtre, d'après le Guide. — La Justice, d'après Raphaël. — Vénus, d'après le Titien. 4 p., très belles épreuves.

TÉNIERS D.)

180 — Le Déjeuner flamand, par Tardieu. — La Basse-Cour, par Lebas. — Le Jeu de Courte boule, par Benazech. — Cabaret flamand, par Major. 4 p., belles épreuves.

THOMASSIN (S.)

181 — M. R. Delalande, surintendant de la musique du roy, d'après Santerre. — B. Anzanet, in-fol. 2 p., belles épreuves.

THOURNEYSER et S. VALLÉE

182 — Camille de Neufville, archevêque de Lyon. — J. Fr. Savary, prêtre de l'Église de Metz, in-fol. 2 p. belles épreuves.

VAN DYCK (d'après)

183 — Renaud et Armide, par P. de Baillu — Silène, par C. de Galle — Le Christ descendu de la croix, par Wyngaerde. 3 p., belles épreuves.

VAN SCHUPPEN

184 — Gaspard Thaumasius, in-fol. 2 épr. dont une avant l'inscription sur la console.

VAN SPAENDONCK

185 — Fleurs dessinées d'après nature et gravées par Le Grand, in-fol. Suite de 24 pl. avant la lettre.

VÉLASQUEZ, RIBÉRA, ZURBARAN

186 — Le Nain de Philippe II — Les Enfants du roi d'Espagne, par Lucas — Martyre de St André, par Laguillermie. — Les fileuses, par Milius — Le Moine en prière, par Desclaux. 10 p. avant et avec la lettre.

VERNET (Carle

187 — Sujets de chasse, par Jazet, grand in-fol. 3 p., très belles épreuves avant la lettre, toute marge.

VILLAMÉNA (Fr.

188 — Le Chevalier Cassiano Puteo, dit le Marchand d'Orviétan, in-fol. Très belle épreuve signée au verso: *P. Mariette, 1665.*

VUES

189 — Album du château de Blois restauré et des châteaux de Chambord, Chenonceaux, Chaumont et Amboise, dessinés d'après nature par Monthélier. Blois, A. Prévost, 1851, in-fol. obl. Exemplaires en feuilles, contenant 17 pl.

190 — Album historique de Tronçais, Commentry, Montluçon, Néris et Montassiège, composé et dessiné par Edmond Tudot. Paris, J. Claye, 1856, in-fol. Ex. en feuilles contenant 20 planches. (Tirage à cent exempl.)

191 — Monuments romains et gothiques de Vienne en France, dessinés et publiés par E. Rey. A Paris et à Lyon, 1820, in-fol. 2 parties en feuille contenant 40 pl. (La 2e partie est incomplète).

192 — Plans et vues du château de Fontainebleau, par Ducerceau — Plan manuscrit de l'Abbaye d'Aulnay — Grande vue de Paris par Della Bella. 4 p.

193 — Vue de la Manufacture des cristaux de la Reine établie au Creuzot en Bourgogne — Vues de la Fonderie royale du Creuzot. In-fol. 2 p., belles épreuves. Rares.

194 — Vues de Caen, Dieppe, Trouville, le Tréport, Le Hàvre, Honfleur, Rouen. In-4. 18 dessins à la mine de plomb rehaussés de blanc. Ont été lithographiés.

195 — Amboise, Blois, Chambord, Chaumont, Moret, Tours, Amiens, Abbeville, Calais, Dunkerque, Lille. 19 dessins à la mine de plomb, rehaussés de blanc.

196 — Aix, Arles, Avignon, Hyères, Toulon, Montpellier, Nimes, Orange. 34 dessins à la mine de plomb, rehaussés de blanc.

197 — Vues de Paris. 36 dessins et croquis.

198 — Vues et détails d'architecture de Strasbourg et des Bords du Rhin. 40 dessins et croquis.

199 — Vues de France. 64 p.

200 — Vues de France et d'Algérie. 60 dessins et croquis.

201 — Vues de France, Vues étrangères. 65 p.

202 — Vues de Venise, d'après Canaletti. 9 p.

203 — Vues et études géologiques sur le Vésuve, attribuées à Janinet. In-fol. 29 p. dont cinq en couleur.

204 — Vues étrangères. 80 p.

WATELET

205 — Watelet à une fenêtre ; imitation du bourgmestre Six de Rembrandt (P. et B. 1.). Très belle épreuve.

WATSON (J.)

206 — Mr O'Brien, d'après Gates, in-fol. Très belle épreuve.

WATTEAU (Ant.)

207 — M. de Julienne tenant le portrait de Watteau, par Balechou, in-fol. Superbe épreuve.

208 — Les Amusements de Cythère, par Surugue. — L'Enlèvement d'Europe, par Aveline. — Coquettes qui pour voir... par Thomassin fils. — Défilé, par Dubosc. 4 p. Belles épreuves.

WESTALL et LEGRAND-FURCY

209 — Vénus and her doves, par Scriven — Caroline de Lichtfield, par Auvray. 2 p. Belles épreuves.

WIERIX (les)

210 — Sujets religieux la plupart in-8. 25 p., très belles épreuves.

211 — Sujets du Nouveau testament, in-4. 74 p. Très belles
épreuves.

WILLE (J. G.)

212 — Le Marquis de Marigny, d'après Tocqué. Ancienne et
très belle épreuve.

213 — La Ménagère hollandaise, d'après G. Dow. — Le cardinal de Tencin. — Le cardinal Colonna. 3 p.

GRAVURES DIVERSES

214 — Gravures par et d'après Berghem, Pillement, Salvator
Rosa, Stoop, etc. 34 p.

215 — Gravures anciennes de petit format. Environ 100 p.

216 — Estampes gravées à l'aquatinte. 7 p.

217 — Écoles française et anglaise du XVIIIe siècle. 22 p.

218 — Gravures anciennes et modernes. 20 p.

219 — Caricatures anglaises. 14 p.

220 — Saints et saintes. 34 p.

221 — Lithographies par Wagenbauer, Grenier, Béranger,
Bacler d'Albe, Isabey, Devéria, Soulange-Tessier. 32 p.

222 — Fleurs et fruits par Chabal, Labbé, Engelmann, Voelker, Van Spaendonck, etc. 73 p. en noir et en couleur.

223 — Études de figures. 50 p.

224 — Gravures diverses. Plusieurs portefeuilles.

225 — Photographies. Environ 100 p.

226 — Papiers anciens et gardes de livres in-4 et in-fol. Un
fort lot.

Grande Imprimerie du Centre — Berlon, Montluçon.